LES
VOIX DU CŒUR

PAR

DIEUDONNÉ BRAS

CHEVALIER-SAUVETEUR

Membre et Lauréat de plusieurs Académies scientifiques,
littéraires et humanitaires

EN VENTE CHEZ L'AUTEUR
17, Boulevard de la Blanquerie, 17
A MONTPELLIER

—

1880

LES VOIX DU CŒUR

LES
VOIX DU CŒUR

PAR

DIEUDONNÉ BRAS

CHEVALIER-SAUVETEUR

Membre et Lauréat de plusieurs Académies scientifiques,
littéraires et humanitaires

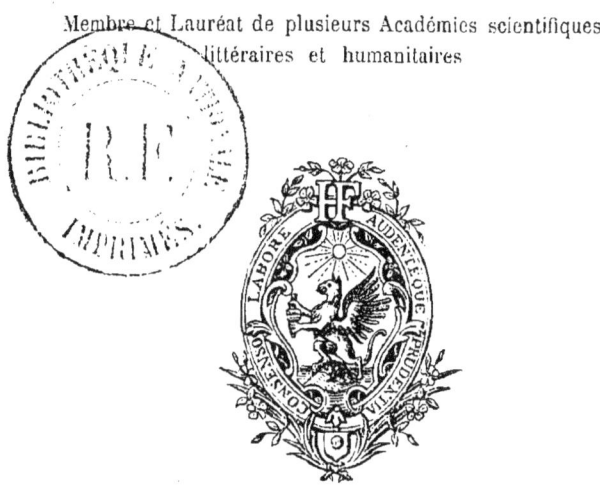

PRÉFACE

PRÉFACE

—

A MES VERS

———

Légers feuillets, éclos sous mes mains inhabiles,
Quel sera votre sort ? Irez-vous, las ! débiles,
Imitant le destin de l'onde du torrent,
Des feuilles et des fleurs, irez-vous au néant ?
Ou bien donnerez-vous, en la saison prochaine,
Des parfums et des fruits pour compenser ma peine ?....
L'avenir le dira.... J'ai béni le Seigneur,
La charité, l'amour, ces douces voix du cœur ;
J'ai flétri les méchants ; j'ai parlé d'espérance ;
J'ai loué le travail et j'ai chanté la France.
Si la voix d'un ami vient me dire : C'est bien !
Ces mots, pour moi, seront le plus puissant soutien.

LE NOM DE LA PATRIE

LE NOM DE LA PATRIE

A MON PAYS

Tant que j'aurai la voix pour dire mes pensers,
Tant que mes mains pourront faire vibrer ma lyre,
Je sourirai toujours aux chagrins passagers
Et je sais bien le nom qui me fera sourire.

Tant que mon cœur vieilli s'animera d'espoir,
Tant que mes pas tremblants me soutiendront encore,
Je veux que mes refrains disent, matin et soir,
Le nom que je chantais jadis à mon aurore.

Car je sais bien le nom, le plus doux à nommer,
Nom de joie et d'amour que murmure mon âme ;
Nom sacré que j'appris, faible enfant, à former,
Tendre nom pour lequel tout mon être s'enflamme.

De l'astre qui rayonne éblouissants reflets,
Étoiles d'or, chantez ce nom dans la nature ;
Et toi, lune d'argent, flambeau de nos forêts,
Et vous riants gazons, admirable verdure !

Chantez, chantez ce nom par vos multiples voix,
Clochers de nos hameaux, retraite des campagnes ;
Collines et buissons, sombres sentiers des bois,
Échos retentissants, orgueilleuses montagnes !

Petits oiseaux, chantez sous les rameaux ombreux ;
Fraîches brises du soir, parfums de la prairie,
Ruisseaux de nos vallons, chantez, chantez comme eux,
Chantez le nom si doux, le nom de la Patrie !

. . . .

Et vous, de mon pays, vieillards, enfants joyeux,
Voix d'honneur, d'avenir !... Oh ! chantez l'espérance !
Et dites dans vos chants, de notre belle France,
Le sublime passé, l'avenir glorieux.

LA NUIT

LA NUIT

A MON PÈRE

Par une nuit d'été, quand la lune brillante
Projette mollement ses rayons argentés ;
Quand, dans un ciel d'azur, une étoile filante
Déroule en traits de feu ses rapides clartés ;

Quand tout dort ici-bas, quand toute la nature
Retrempe sa vigueur en attendant le jour,
Qu'il m'est doux de pouvoir, errant sur la verdure,
Chanter du Tout-puissant et la gloire et l'amour !

Quand du monde ont passé les ris bruyants de joie ;
Quand des plaisirs trompeurs l'on n'entend plus le bruit,
Dans le calme et la paix mon âme se déploie,
Seigneur, vers toi penchée, à l'ombre de la nuit !

Heureux, dit-on partout, celui dont la richesse
A l'abri du besoin le place pour toujours,
Et qui, vivant en paix au sein de l'allégresse,
Peut voir avec lenteur s'écouler ses beaux jours.

Et que font à mon cœur les trésors de la terre?
Grand Dieu! pour toi mon âme exhale ses soupirs,
Et, méprisant l'argent, source de la misère,
Vers le Ciel, son trésor, tourne tous ses désirs.

Monde, adieu pour toujours! Trop longtemps ta puissance
Sous ton joug me retint. N'attends plus dans l'erreur
Voir mes pas s'avancer; grâce à ton inconstance,
J'ai pu briser les liens qui retenaient mon cœur.

Salut, lustres brillants cachés par le feuillage!
Salut, flambeau sacré, douce étoile du soir!
De la reine des Cieux, touchante et noble image,
Lune, salut à toi, que j'aime tant à voir!

Que tu plais à mon cœur, quand ta pâle lumière,
Comme un lustre d'argent bercé devant l'autel,
Se balance incertaine et redit la prière
Que ma voix, chaque nuit, adresse à l'Immortel !

Nuit, propice à mes vœux, sois donc trois fois bénie,
Toi que j'attends le soir quand le soleil brûlant
Ne lance, dans les airs, plus qu'une flamme unie
Dorant de ses reflets un horizon brillant.

ESPÉRANCE, FOI, AMOUR

ESPÉRANCE, FOI, AMOUR

—

A MA MÈRE

Je ne puis t'apporter une fraîche couronne
Pour orner le gazon où tu dors dans la paix;
Mais mon cœur, mes travaux, mes pleurs et mes regrets,
A toi, ma bonne mère, aujourd'hui je les donne!...

I

Mère, qu'ai-je senti?... Tout mon être est troublé,
Tout s'anime et s'éveille au dedans de moi-même;
Je me sens tout nouveau, mon courage est doublé;
Voici que je renais! Félicité suprême!
Mon cœur, que j'avais cru, sous le poids du chagrin,
Expirant, abîmé, s'est rempli d'harmonie;
A ta voix il renaît, et joyeux et serein,
Comme un luth plein d'accords des rives d'Ionie.

3

Tu parles, tu parais, et, fantôme bien doux,
Tu m'as fait entrevoir, au bout de la carrière,
Où mes pas chancelants se heurtaient aux cailloux,
Un point comme un rayon d'une douce lumière.
J'ai couru haletant vers cet astre lointain,
Mes pieds meurtris, sanglants, ignoraient la souffrance :
Pour moi plus de cailloux sur l'aride chemin,
Car j'allais tout joyeux, j'allais vers l'espérance.

II

Oui, je crois à présent ; je crois, que, plein d'attrait
Un monde, où tout est pur et rempli d'allégresse,
M'ouvre ses bras, m'attend, et j'y cours sans regret.
J'ai foi dans l'avenir, j'ai foi dans ta promesse.
Si la vie est un lac d'amertume et de fiel,
Dont les flots agités sont féconds en naufrages,
Je crois qu'il est toujours un port certain : le Ciel !
Et j'y cours assuré d'éviter les orages.

Mère, tu me disais : Lève en haut ton regard ;
Quand tu te sentiras pressé par la tempête,

Invoque bien Marie, et toujours, sans retard,
Tu verras le soleil resplendir sur ta tête.
Et faible je priais la mère des enfants
De venir à mon aide et d'écouter mes larmes ;
Et j'oubliais ainsi mes maux en mon printemps,
Et je vivais heureux sans soucis, sans alarmes.

Aujourd'hui les revers, les chagrins, les douleurs,
Comme d'un tourbillon environnent mon être ;
Car la joie est partie en me laissant en pleurs,
Et j'étais sur le point de succomber peut-être.
Mais j'ai jeté les yeux sur le bleu firmament
Et j'ai vu tout à coup une étoile brillante
Éclairer de ses feux tout mon entendement:
J'ai vu, j'aime, je crois, et mon âme est contente.

III

Quand verrai-je mes pleurs faire pleurer des yeux,
Et des lèvres sourire en me voyant sourire ;
Quand verrai-je en mon cœur un cœur silencieux
Brûlant pour moi d'amour et n'oser me le dire ?

Oh ! quand viendra le jour où je pourrai passer
Un anneau d'or au doigt de la main d'une femme,

Lui dire mon bonheur, dans mes bras la presser,
Et ne brûler tous deux que d'une même flamme?

Quand sera-t-il permis à mon cœur tout joyeux
De contempler en paix, dans les bras de sa mère,
Un ange aux boucles d'or jouant insoucieux
Avec le sein gonflé dont il se désaltère?

Quand pourrai-je admirer, posé sur mes genoux,
Un charmant chérubin à la figure blonde,
Souriant à ma voix d'un sourire bien doux,
M'entourant de ses bras quand sa mère le gronde?

Quand serai-je vieillard, heureux et délassé,
Assis près du foyer où le chêne pétille,
Par mes petits enfants sur le front embrassé,
Entouré de l'amour d'une douce famille?

Oh! séduisants portraits d'un amour tout divin,
Que vous savez charmer et mon cœur et mon âme!...
Aussi n'est-il pour moi d'autre bonheur certain
Que tendresse d'un fils et qu'amour d'une femme!

SOUVENIRS

SOUVENIRS

A MA MÈRE

Alors que, faible enfant et bégayant à peine,
Je faisais un faux pas, j'avais une douleur,
Je voyais aussitôt, éplorée à ma peine,
Ma mère, ange si doux, me presser sur son cœur.
Douleurs, larmes, soupirs, tout cessait auprès d'elle ;
A sa voix, je riais oubliant mon chagrin ;
Son âme était pour moi compatissante et belle,
Et je posais, joyeux, ma tête sur son sein.

. . . .

Mère, quand je fus grand, en un jour de tristesse,
J'élevai jusqu'à toi mes soupirs et mes pleurs.
Te souviens-tu, dis-moi, qu'une amère détresse
Me faisait implorer la fin de mes malheurs ?...

. . . .

Et puis, quand j'eus vingt ans, c'est gravé dans mon âme,
Je me souviens encor de ce qu'en souriant
Tu me disais bien bas, oh ! bonne et douce femme,
Mère, tu me disais : — Voici le jour, enfant,
Où ton cœur qui soupire a besoin de s'épandre
En un cœur virginal qui réponde à tes vœux,
Un cœur frère du tien et qui puisse comprendre
Les sentiments si doux qui luisent dans tes yeux ;
Et j'ai choisi pour toi cette enfant de ton âge,
La blonde jeune fille au front candide et pur,
Que tes sœurs aimaient tant, et dont le doux ramage
Irisait mon ciel noir d'un gai rayon d'azur.
C'est Blanche, mon enfant, que ma main à la tienne
Voudrait comme un trésor confier aujourd'hui.
Mes jours s'en vont comptés, avant que la mort vienne
Dieu ! fais que ce dernier, ce doux rayon ait lui.

. . . .

J'ai fait que tes désirs s'accomplissent, ma mère !
Et depuis lors j'ai vu, le bonheur dans l'amour,
Comme un astre joyeux qui me guide et m'éclaire,
De ma Blanche, à ta voix, s'exhaler chaque jour.

REGRETS

REGRETS

A MA MÈRE

Ma mère ! je ne sais ce qui vers toi m'attire,
Mais toujours je te sens présente à mes côtés ;
Chaque fois que je veux préluder sur ma lyre,
Ton nom, ton souvenir, sous mes doigts sont notés.

. . . .

O chaste souvenir de mes jours de jeunesse !
Où je venais souvent sur tes genoux m'asseoir ;
Heureux quand, de ta main, une douce caresse
Soulevait mes cheveux et m'endormait le soir.

Ils ne sont plus, ces jours de mon enfance heureuse !
L'ange s'est envolé ; pour ton fils qui gémit,
Il n'est plus, ici-bas, aucune aile soyeuse
Qui l'abrite parfois quand son soleil blémit.

. . . .

Si tu vivais encore, ô ma mère adorée !
Je verrais mes lutins, grimpés sur tes genoux,
Enlaçant de leurs bras ta tête vénérée,
Et toi, leur prodiguant tes sourires si doux !

Il me semble te voir ! Quelle serait ta joie
De pouvoir, sur ton cœur, par un rhythme divin,
Endormir mes enfants, dont la tête qui ploie
Appelle le sommeil et répète : A demain !

. . . .

Mais tu n'es plus, hélas ! et maintenant je pleure !
Mes enfants ont appris à t'aimer à leur tour;
Et pour toi, chaque soir, vers la sainte demeure,
De leur cœur enfantin, vole un doux chant d'amour.

MORTE A VINGT ANS

MORTE A VINGT ANS

—

A MA SŒUR

———

N'est-ce pas qu'il est beau de se voir admirée,
De pouvoir dans un bal, ravissante, adorée,
      Captiver tous les cœurs ?
A l'ivresse du bal, quand le plaisir dispose,
Le sein bat et s'agite, et l'âme en toute chose
      N'aperçoit que des fleurs.

Oh ! oui, dansez, sautez, folâtres jeunes filles ;
Formez en un instant vos bondissants quadrilles :
      L'avenir est bien beau !
Jouissez de la vie ; à peine à votre aurore,
Vos sens, comme la fleur, se sentent vivre encore
      Bien loin du froid tombeau.

Elle était devant moi, palpitante, timide,
La dentelle et les fleurs l'ornant, ange candide,
    De leurs contours soyeux.
Qu'elle était belle ainsi dans sa robe flottante,
Pareille au blanc flocon que le soleil enfante
    Et fait briller aux cieux !

Et vous, jeunes beautés, qui commencez à vivre,
Qui plaisez et charmez et que le bal enivre
    De sa folle splendeur,
Vous eussiez, sans nul doute, envié la parure
Et la taille de nymphe et la voix toujours pure
    De cette blanche fleur.

Cependant sous les fleurs se cachait une épine;
Et tandis qu'elle allait, dans sa grâce enfantine
    Ignorant son destin,
L'horrible et pâle mort que la douleur escorte,
En ce jour de plaisir, venait heurter sa porte
    Et lui prendre la main.

N'est-ce pas qu'il est beau de se voir admirée,
De pouvoir dans un bal, ravissante, adorée,
      S'enivrer de plaisir?
Mais, quand du bal les voix chantent la ritournelle,
Quand on danse et bondit, quand on est jeune et belle,
      Qu'il est dur de mourir!

C'est alors qu'on commence à se sentir à peine;
C'est alors que de sang notre âme est encor pleine
      Et ne voit point d'écueil ;
Que la faux de la Mort et s'aiguise et s'apprête ;
Que sa fatale main, à côté d'une fête,
      Vient ouvrir un cercueil.

Et pourtant qui l'eût dit, en la voyant si vive,
Que de ses vingt printemps la grâce fugitive
      Allait bientôt finir,
Et que de sa beauté, comme une frêle rose,
Il ne nous resterait, hélas ! pour toute chose,
      Rien que le souvenir?

La Mort l'attendait là, sur ce seuil où, joyeuse,
Elle charmait le bal et se trouvait heureuse
    De sa fraîche beauté.
Car à vingt ans, hélas ! on ignore les larmes ;
Les souvenirs riants vous parent de leurs charmes,
    L'amour de volupté.

Et maintenant, voyez, c'est un cercueil qui passe ;
Beau rêve d'avenir que la mort seule efface.
    Souvenir plein de feu,
Présent plein de douceur, amour, gloire, jeunesse,
Sein palpitant de vie, et fortune, et noblesse,
    Il faut vous dire adieu !

Adieu, toit fortuné qui protégeas sa vie
Et les charmants baisers que toute mère envie
    Pour ses soins maternels !
Adieu, jours parfumés dont la source est tarie !
A toi, beauté si pure et maintenant flétrie,
    Ses adieux éternels !

A peine épanouis, ses ans ont vu leur terme,
Comme à la fin du jour chaque fleur plie et ferme
        Son calice si frais.
Ainsi, rêves du ciel, douce et tendre nature,
Lambris dorés des rois et toi simple masure,
        Salut et pour jamais !

On dit qu'au Ciel, là-haut, où demeurent les anges,
Une place l'attend dans les saintes phalanges,
        Au séjour immortel.
Elle a tendu les bras et l'ange noir l'emporte,
A l'ombre de son aile, avec sa sombre escorte,
        Auprès de l'Eternel !

MÉLANCOLIE

MÉLANCOLIE

A MADEMOISELLE BLANCHE

Et j'allais, tristement, comme un sombre damné,
Par le destin amer, laissant guider la voile
Du trop fragile esquif que ma funeste étoile
A des revers affreux sans cesse a condamné.

Le soleil, si riant à mon âme ravie,
A perdu pour jamais son éclat enchanteur ;
Un lugubre linceul est jeté sur ma vie :
Derrière est le plaisir et devant la douleur.

Et quand, parfois, mes yeux aperçoivent dans l'ombre,
Sous un repli lointain, le bonheur et l'oubli,
Alors mon cœur ému peut voir, sur mon front sombre,
Glisser un peu d'amour, mais, hélas! bien pâli.

Et cependant, c'est tout, oui! tout ce qui m'abuse ;
De mes rêves dorés, de mon amour, plus rien ;
Non, rien qu'un souvenir que, trop souvent, ma muse
Redit en chants plaintifs et voudrait être sien.

Chante, chante toujours, ô ma lyre plaintive!
Avec moi viens rêver l'ange de mes douleurs ;
Avec moi viens gémir, et mon âme pensive,
Pour un instant, bien court, va suspendre ses pleurs !

Bien souvent je te vis, sur un léger nuage,
Dans mes nuits sans sommeil, apparaître à mes yeux,
Fantôme de mon cœur, touchante et belle image,
O vierge, dont l'aspect me rendait tout joyeux !

Dans mes rêves jeté, radieux météore,
Quand parfois tu brillais à mon cœur enivré,
Mon cœur, comme la fleur que visite l'aurore,
S'entr'ouvrant à ta voix, se croyait délivré.

Qu'elle était belle, alors, sous sa tunique blanche !
Les soupirs de l'amour faisaient gonfler son sein,
· Et des flots de cheveux, sur son cou qui se penche,
Soulevés par le vent, venaient baiser sa main.

O douce vision, harmonieux mirage,
Où mon cœur, tout saisi, trouvait force et bonheur;
Ineffables moments, trop enivrant langage
D'un ange qui, du ciel, tend la main au malheur !

Oh ! oui, tends, tends la main à ton pauvre poëte,
Qu'il puisse la presser, qu'il la baise une fois ;
Fais surtout que, pour lui, le désespoir s'arrête,
En te voyant si belle, en écoutant ta voix !

Qu'il ne puisse plus dire : O ma lyre plaintive,
Avec moi viens rêver l'ange de mes douleurs ;
Avec moi viens gémir, et mon âme pensive,
Pour un instant bien court, va suspendre ses pleurs !

Cessez, mes pleurs, cessez!... Le bonheur, de mon âme,
N'est point encor banni, car je ressens en moi
Comme un rayon du ciel, une céleste flamme,
Qui réchauffe mon cœur et calme mon émoi !

AMOUR

AMOUR

——

A MA FEMME

——

Comme l'étoile au ciel embellit la nuit sombre,
Comme le clair ruisseau rafraîchit les gazons,
Comme le frais zéphyr qui se glisse dans l'ombre
Caresse chaque fleur, ornement des vallons;
Ainsi ton âme chaste, en passant sur la mienne,
A fait germer en moi des troubles inconnus,
Et mon âme, dès lors, ne se connaissant plus,
A vu jaillir l'amour au contact de la tienne.

Comme la goutte d'eau scintille sur les fleurs,
Reflétant du soleil les rayons de lumière,
Comme le saule vert, emblème des douleurs,
Sur les ondes penché contemple sa crinière ;

Ainsi, de tes regards admirant la beauté,
J'ai lu, comme en un livre ouvert, à chaque page,
L'amour qui t'animait, harmonieux langage
Que le cœur dit au cœur : amour, félicité !

Comme le cavalier fatigué du voyage
Revient près du foyer oublier tous ses maux,
Comme l'oiseau tremblant qu'épouvante l'orage
Dans son nid de duvet trouve un peu de repos ;
Ainsi, faible, lassé dans ma course incertaine,
J'ai trouvé près de toi l'amour et le bonheur ;
Ma vie est moins pénible et je vis sans frayeur,
Car tes regards m'ont dit : Je veux finir ta peine !

CANT D'AMOUR

CANT D'AMOUR

A MA FENNA

Couma l'estella au ciel lusis dins la nioch soumbra,
Couma la clara font refresca lou gazoun,
Couma dau fol zephyr l'alénada, dins l'oumbra,
Poutounéja las flous qu'espandis lou valoun ;
Antau toun ama blanca, en rasejant la miouna,
M'a fach estrementí de plési, de douçou,
Et moun ama, despioi, coufla de ta cansou,
A vist naisse l'amour que roumplissiè la tìouna.

Couma l'aigaje au prat perléja sus las flous,
Miraiant dau sourel la lusenta flamada,
Couma lou sause flac, remembrant las doulous,
Au bord dau riou nascut ié trempa sa ramada ;

5

Antau dins tous ioious, que brilhou de clartat,
Couma dins un libret doubert, à tout passage,
Ai légit toun amour, armounious lengaje
Que lou cor dis au cor : amour, félicitat !

Couma lou caminaire alassat dau vouiaje,
Quan revei soun téulat, desoublida soun mau,
Couma l'aucèl pauruch, qu'engrepesis l'auraje,
Dins soun nis aclatat se sentis en repau ;
Antau, paure, laiat, sus ma barca sans rama
Passéjant lion de tus, espérave la mort ;
M'as rendut lou bonur et siei rintrat au port,
Car tous bèus iols m'an dich : Te doubrisse moun ama !

(Languedocien, dialecte de Montpellier.)

NE GRANDIS PAS

NE GRANDIS PAS

———

A MA FILLE MARIE

———

I

Dans tes jeux, vive et légère,
Tendre enfant, tu vas et viens
Sous les regards de ta mère
  Ainsi que sous les miens.

Tous les deux, de ton sourire
Nous savourons la candeur,
Et tes jeux, il faut le dire,
  Sont doux à notre cœur.

Ton babil, ô ma charmante !
Ressemble au roucoulement
De l'oiseau qui nous enchante
   Par son gazouillement.

Quand parfois le vent soulève
Les boucles de tes cheveux,
On voit, comme dans un rêve,
   Ton cou si gracieux.

Quand s'ouvre ta bouche rose
Pour nous baiser chaque jour,
On dirait la fleur mi-close
   Souriant à l'amour.

L'incarnat qui te colore
D'une suave beauté,
De la pêche aussi décore
   Le fruit si velouté.

Ta taille est cent fois plus fine
Que le fragile arbrisseau
Qu'un léger zéphyr incline
   Sur le bord du ruisseau ;

Et l'éclat de ta prunelle,
Aux reflets doux et joyeux,
La nuit, dans l'ombre, étincelle
   Comme l'étoile aux cieux.

II

Pourquoi grandir, enfant, tout sourit à ton âge ;
Tes jeux et tes plaisirs sont si purs et si vrais !
Reste toujours petite, hélas ! sur ton passage
Le temps pourrait semer et douleurs et regrets.

Enfant, ne grandis pas, car la tourmente gronde
Sur cette terre aride où Dieu nous mit un jour ;
Si parfois le soleil d'un rayon nous inonde,
L'ombre aussi, bien souvent, nous visite à son tour.

Oh ! non, ne grandis pas, reste toujours petite.
L'avenir qui t'attend, enfant, le connais-tu ?
S'il est certains écueils qu'un nautonier évite,
Plus d'un voit son esquif par l'orage abattu.

Pourtant tu peux grandir, car l'on voit le vieux chêne
Des autans en furie oser braver l'effort
Et ses pieds protéger l'humble fleur de la plaine.
Grandis ; ton père, enfant, prendra soin de ton sort

ESPÉRANCE

ESPÉRANCE

A MON FILS PAUL

Sais-tu pourquoi la fleur, dès l'instant du réveil,
S'épanouit sur terre ;
Pourquoi ses frais boutons elle étale au soleil?
Enfant, c'est qu'elle espère !

Sais-tu pourquoi l'oiseau s'envole au point du jour
Cherchant la graine amère ;
Pourquoi, chaque printemps, il couve avec amour?
Enfant, c'est qu'il espère !

Sais-tu pourquoi l'enfant sourit et puis s'endort
Dans les bras de sa mère ;
Pourquoi lorsqu'il s'éveille il lui sourit encor ?
Enfant, c'est qu'il espère !

Sais-tu pourquoi, mon fils, en te voyant grandir
Ma joie est bien sincère ;
Pourquoi mon cœur, heureux, a foi dans l'avenir ?
Enfant, c'est qu'il espère !

C'ÉTAIT MA MÈRE

C'ÉTAIT MA MÈRE

—

A MON FILS PAUL

—

Cher enfant, je voulais qu'une douce caresse
Vînt ce soir t'endormir; mais tu fais le méchant.
Tes yeux versent des pleurs, et ton regard touchant
Me dit: Père, jouons; pour dormir, rien ne presse.

Enfant, à tes désirs je veux bien aujourd'hui
Me rendre volontiers, et vais conter l'histoire
D'une femme de bien, dont la sainte mémoire
Est douce aux malheureux dont elle fut l'appui :

— Il était une fois une modeste femme,
Sans faste et sans éclat, faisant à tous le bien ;
Elle marchait gaîment dans la paix de son âme,
Du pauvre infortuné devenant le soutien.

Que de fois je la vis, à l'écart et dans l'ombre,
Au malheur apporter plus d'un soulagement;
Au cœur endolori par le désespoir sombre
Faire entrevoir la paix, donner contentement.

Quand une pauvre mère, en la saison trop dure,
Lui montrait son enfant par le froid abattu,
La sainte femme alors, dégrafant sa ceinture,
De son jupon de drap vite l'avait vêtu.

Elle était mère, ayant aussi de la famille
Qu'elle aimait, Dieu le sait ! du plus profond amour ;
Chacun à la maison, gamin et jeune fille,
La couvrait de baisers, l'adorait nuit et jour.

Si, pauvre, elle vécut s'ignorant elle-même,
Les malheureux, pourtant, l'aimaient du fond du cœur ;
Ils avaient tous connu sa charité suprême
Et la nommaient entr'eux : la Mère du malheur.

Or, il advint qu'un jour un ange vint la prendre,
L'emmenant doucement au séjour des élus ;
Sans larmes, sans douleurs, cette femme si tendre,
S'endormit ici-bas, pour ne s'éveiller plus.

On vit après sa mort la chose la plus belle :
Les pauvres, affligés, accourus de tous lieux,
Déplorant son trépas et, sur leurs bras pieux,
Portant jusqu'au tombeau sa dépouille mortelle !

Cette femme, mon fils, que tu ne vis jamais,
Qui fut aux malheureux et si bonne et si chère,
Tu l'aimerais, je crois, si je te la nommais :
Enfant, aime-la donc, car elle fut ma mère !

BLUETTE

BLUETTE

A MA PETITE COUSINE EUGÉNIE MASSOT

Alors que le flot roule,
Que le clair ruisseau coule,
Que le ramier roucoule,
Gémit et chante tour à tour ;

Lorsque, sous la verdure,
Chaque insecte murmure
L'hymne de la nature
Que bénit le Ciel à son tour ;

Quand c'est, suivant l'usage,
Grande fête au village

Et que, sous le feuillage,
Chacun danse et rit sans détour ;

Si ta douce voix chante :
Plus rien ne m'enchante,
Car ta grâce touchante
Éclipse tout à ton entour ;

Et ta bouche mutine
Et ton âme enfantine
Me font aimer, cousine,
De ta visite le retour.

TRAVAIL, AMOUR, PRIÈRE

TRAVAIL, AMOUR, PRIÈRE

A MES PARENTS

Sur cette pauvre terre où, simple voyageur,
Nous passons, en courant, las ! notre vie entière,
Dieu fit tomber pour nous, du ciel consolateur,
Trois mots pour nous guider : Travail, Amour, Prière.

Ce dictame divin est un puissant levier,
Dont la force suprême, à nulle autre seconde,
Nous trace le chemin ; nul n'en doit dévier ;
Et qui le comprend bien peut soulever le monde.

En mille sens divers, mille fois rajeunis :
Travail, amour, prière, oh ! sublime assemblage !
Le corps, le cœur et l'âme ensemble sont unis ;
Et c'est là, du bonheur, comme le doux présage.

TRAVAIL

L'artisan, au labeur, s'apprête avec le jour,
De ses bras vigoureux il frappe sur l'enclume ;
Le vigneron s'en va cultiver, à son tour,
La vigne aux pampres verts du coteau plein de brume.

Le poëte pensif, au travail adonné,
Réveille, de son cœur, une fibre sonore ;
Le soldat, dès qu'au jour le clairon a sonné,
Fourbit sabre et fusil et, tout fier, s'en honore.

Le prêtre, lui, soldat d'un royaume parfait,
N'attend pas le réveil pour accomplir sa tâche ;
Aux chevets des mourants à toute heure il paraît,
Car, aux biens d'ici-bas, il n'est rien qui l'attache.

— Le travail, douce loi pour qui sait s'y plier,
Est un blason d'honneur qui distingue les hommes ;
Libre par le travail, on ne saurait nier
Qu'il rend un artisan l'égal des gentilshommes.

Ouvrier, qui vécus dans un labeur fécond
Et qui vis tes cheveux venus blancs à l'ouvrage,
Marche l'égal de tous et, relevant le front,
Sois fier de nos respects : nous t'en devons l'hommage.

Et toi, pauvre artisan courbé sous les malheurs,
Qui n'eus point de repos, atteint par la souffrance,
Relève aussi la tête : Il est des jours meilleurs,
Frère ; vite au travail, n'as-tu pas l'espérance ?

Espérance ! à ce cri, qui nous vient du Très-Haut,
Tout mortel, oubliant le malheur qui l'oppresse,
Voit sur son front pâli, luire un jour tout nouveau ;
Il est heureux encore, heureux dans sa détresse !

AMOUR

De l'ouvrier, voici qu'en son logis obscur,
Tout labeur terminé, la compagne fidèle
De ses jours de plaisir, de son travail si dur,
Lui tend, les bras ouverts, son enfant qui l'appelle.

Et toi, gai travailleur, qui viens de cultiver
Le champ qui nous nourrit et la vigne fertile,
Retourne à ton hameau ; vois, là sur le sentier,
Tes enfants entourant ton épouse docile.

Poëte, si ton front fut courbé tout le jour
Sur les pages du livre où brille ton génie,
Quand vient le soir, tu vois un ange, de l'amour,
Avec toi répéter la sublime harmonie.

Pour défendre nos droits, quand tu partis, soldat,
N'abandonnas-tu pas, en son humble demeure,
La promise qui vint, même au sein du combat,
En riants souvenirs t'apparaître à toute heure ?

Prêtre, la charité pour toi se fait amour ;
La veuve et l'orphelin te proclament leur père;
Pour le vieillard, ta main s'entr'ouvre chaque jour,
Et le pauvre affligé près de toi trouve un frère.

—Le travail et l'amour, en se donnant la main,
S'avancent le front haut, illuminant le monde ;
Partout, à leur aspect, on voit le genre humain,
Heureux, se ranimer à leur clarté féconde.

Alors l'homme s'émeut sous un divin transport,
Et, chantant son bonheur, sa profonde allégresse,
Demande à l'Éternel de le conduire au port,
Ou de le soulager dans sa triste détresse.

PRIÈRE

L'artisan bénit Dieu, qui fait, chaque matin,
Renaître son ardeur, sa force et son courage;
Le vigneron s'en va, bénissant le destin,
Car le Ciel a permis que s'achève l'ouvrage.

Poëte, tu prias, bien souvent, le Seigneur
D'envoyer à ton front la verve poétique.
Toi, ministre de Dieu, prier est ton bonheur;
La prière, pour toi, se change en un cantique.

Le soldat, à son tour, implore l'Éternel
De bénir ses exploits et d'épargner sa vie;
N'a-t-il pas délaissé l'asile paternel
Pour aller au combat où l'honneur le convie?

— Tout, ici-bas, bénit, chante l'Être puissant
Qui fit le soleil d'or et la moisson si belle :
L'insecte fait entendre un concert incessant,
La fleur parfume l'air où chante Philomèle.

Le ruisseau, doucement, murmure sa chanson ;
Le saule, au bord de l'eau, fait pencher son feuillage;
La brise bénit Dieu, le chante à sa façon,
Et la mer, en roulant, le redit au rivage.

Les astres lumineux, semés au firmament ;
La lune, avec son disque éclatant de lumière ;
Les étoiles, au ciel scintillant nuitamment:
Tout bénit le Seigneur, le chante en sa prière !

Travail, Prière, Amour, suave trinité !
Quand tout, à te bénir, ici-bas, nous ramène,
Pourquoi ne pas vouloir, de ta sérénité,
Faire la douce loi qui toujours nous maintienne ?

Le corps, par le travail, se fait plus vigoureux ;
L'amour est, pour le cœur, un sentiment bien tendre ;
L'âme se sent grandir en s'adressant aux cieux,
L'homme, enfin, est parfait, s'il sait bien le comprendre.

ÉPISODE DE GUERRE

ÉPISODE DE GUERRE

A MONSIEUR ANTONIN MARTIN

Secrétaire-perpétuel et fondateur de l'Académie poétique de France

Imprécations d'un jeune docteur dont la fiancée s'est empoi-
sonnée pour ne pas survivre aux derniers outrages que lui
ont fait subir les ennemis vainqueurs de son pays.

Sunt lacrymæ rerum !

Docteur, m'aviez-vous dit, sur le champ du combat
Nos frères sont gisants, la douleur les abat.
Courez les soulager et panser leurs blessures.
Las ! la bise est glacée et ses froides morsures
Vont les anéantir, s'ils n'ont point de soutien :
Et j'ai couru d'un trait, sachant que c'était bien !...
Oui, pour moi c'était bien ; car je quittais mes braves,
Mes nobles compagnons, douloureuses épaves,
Pour sauver, par mon art, un ennemi mourant
Qui foulait notre sol sous son pied conquérant.

Chez elle, ma fiancée était comme infirmière ;
Vous y logiez aussi, guerriers à l'âme fière !...
Vos illustres blasons, votre grade élevé,
M'étaient un sûr garant pour son salut rêvé.
Je partis à regret ; mais mon âme, moins sombre,
Fit que je soulageai de blessés un grand nombre ;
Et puis je m'en revins, heureux de ce retour
Qui rendait à mon cœur l'objet de son amour.

Pendant ce laps de temps, qu'avez-vous fait, messires ?
Sans crainte, sans remords, comme de vils satyres
Dégoûtants de l'orgie et repus de liqueurs,
Ivres de vos exploits, infâmes et vainqueurs,
Vos baisers ont flétri la chaste jeune fille
Dont les traits se cachaient sous une ample mantille !
Et puis, de cette enfant, monstres, vous avez ri,
Quand, dans vos bras lascifs, de honte elle a péri !...
C'était beau !... C'était grand !... La valeur de vos armes
N'a point eu de pitié de ses cris, de ses larmes ;
Et ses bras suppliants, demandant le respect,
Inertes sont tombés à votre affreux aspect.
Vous avez triomphé d'un frêle corps sans âme,

Lâches !... Et quand, plus tard, se redressa la femme
Déshonorée, hélas ! au loin vous aviez fui,
Sachant qu'il lui viendrait un secours, un appui,
Pour préserver son corps de votre main cruelle
Ou venger son honneur et mourir avec elle !...

Ces murs, témoins muets de notre chaste amour,
Murs qu'un fatal destin vous donna pour séjour,
Virent le noir forfait et, gémissant de honte,
Demandent, pour ce crime, une justice prompte !...
Oui, justice !... L'enfant, qui vit fuir son bonheur
Sous vos impurs baisers, après son déshonneur,
Voulut que le poison, circulant dans ses veines,
Vînt finir d'un seul coup et sa vie et ses peines.
Pour elle tout est dit : De cet ignoble affront
La vierge a su sortir sans rougeur à son front :
Le trépas a lavé la sinistre souillure
Imprimée à son corps, et son âme était pure.

Mais moi, que vos forfaits au deuil ont condamné ;
Moi, qui n'ai plus d'espoir et, comme un vil damné,
Marche la rage au cœur et l'écume à la bouche ;

Moi, qui ne sens plus rien qu'une haine farouche,
Je ne suis point vengé par son noble trépas !
Il me faut votre sang, je ne faiblirai pas !
Vous avez de mon cœur pris la part la plus chère,
Dans l'ombre vous cachant comme fait la panthère ;
Mais ma haine saura vous poursuivre en tous lieux ;
Je mourrai, s'il le faut, mais vengé de mon mieux.

Et toi, l'unique objet de ma chaste pensée,
Vierge que j'adorais, ô belle fiancée !
Je te prends à témoin du serment solennel
Que je fais en ce jour sous l'œil de l'Eternel :

Ma vengeance ici-bas va, poursuivant sa route,
Verser, sur son chemin, votre sang goutte à goutte,
Exécrables bandits ! Ma main, apte à guérir,
Pour vous donner la mort saura bien s'aguerrir.
Vous ne me verrez point, fuyant devant le nombre,
Le fusil à la main, me dérober dans l'ombre ;
J'irai devant vos pas et, visant bien au cœur,
Votre âme pleurera sous mon rire moqueur.

Puissé-je de vous tous faire un affreux carnage,
Qui, déridant mon front, vienne apaiser ma rage !
Et me vengeant enfin, montrer, même en mourant,
Tout ce que peut la haine en vers un conquérant !

HOMMAGE AUX SAUVETEURS

HOMMAGE AUX SAUVETEURS

—

A M. LE COMMANDANT L. FÉRAUD

Président-fondateur de la Société des Chevaliers-Sauveteurs
des Alpes-Maritimes
Promoteur du Monument International: Les Invalides des Sauveteurs

———

Les rois ont leurs tombeaux sous des dômes antiques ;
Les prélats, à leur tour, dorment sous des portiques ;
Le guerrier, le savant gisent au Panthéon ;
Le Sauveteur, lui, meurt, et nul ne sait son nom.

Amère destinée, oh ! criante injustice !
Quand un roi fut, parfois, à son peuple propice,
Quand un prélat se fit du pauvre le soutien,
On dresse un monument et chacun dit : c'est bien.
Oui, c'est bien, il le faut; il faut que leur mémoire,
Pour la postérité, brille au temple de gloire ;

Mais toi, pauvre artisan, qui dans tes bras nerveux
Recueillis le vieillard environné de feux,
Qui sauvas femme, enfant, du milieu du naufrage,
Sauveteur, qui dira ton nom et ton courage ?
Sur la tombe où tu dors d'un paisible sommeil,
Le passant ne voit point un funèbre appareil.
Avec toi tout est mort : de ta noble vaillance,
De tes actes d'éclat, plus rien que le silence !

Quand donc viendra le temps où l'humble sauveteur
Aura son Panthéon et sa place d'honneur ?
Quand donc un monument élèvera sa tête
Ombrageant les vainqueurs du feu, de la tempête,
Et sur le marbre, enfin, relatant leurs hauts faits,
Viendra dire à nos fils leurs noms et leurs bienfaits?

Riches, donnez de l'or; vous, pauvres, votre offrande ;
Qu'une même pensée à donner vous commande.
Nice est là, sous ses fleurs, sous son ciel toujours pur,
Les sauveteurs auront désormais un lieu sûr.

Car un homme a surgi qui, d'une voix sonore,
Jetant à tous les vents un appel qui l'honore,
Vient combler la lacune et fait qu'un monument,
Sous peu, va s'élever patriotiquement.

Les Bienfaiteurs de l'Humanité

LES BIENFAITEURS DE L'HUMANITÉ

———

A MONSIEUR LE COMMANDEUR ALBERT MAILHE

Président-fondateur de l'Académie Mont-Réal de Toulouse

———

Comme l'Hébreu, captif sur la rive étrangère,
Y suspendit son luth aux saules du ravin,
J'avais cessé mes chants et, triste et solitaire,
Mon âme succombait sous le poids du chagrin.
Voici que tout à coup une voix, éclatante
Comme un clairon guerrier, a clamé dans les airs :
Poëtes, levez-vous, et que votre luth chante
      Les bienfaiteurs de l'univers !....

J'entends de toutes parts des accords se produire
A ces magiques mots, et de nombreux chanteurs

Se sont montrés soudain, et sous leurs doigts la lyre
Frémissante a lancé des accents enchanteurs.
Pourquoi n'irais-je pas, comme eux, chanter encore?
Fais tressaillir mon cœur, Muse, réveille-toi !
Que sous tes saints transports ma harpe soit sonore ;
       Viens, ô ma Muse, inspire-moi !...

. . . .

Le ciel s'est entr'ouvert !... Sous les sacrés portiques,
Aux sons harmonieux d'instruments inconnus,
J'aperçois s'avançant les phalanges mystiques
Des bienfaiteurs bénis, hélas ! qui ne sont plus !
La vertu, le travail, la charité, l'audace
A braver les dangers dans un but fraternel,
L'amour du pays, tout met chacun à sa place
       Dans ce défilé solennel !

Mais que vois-je, Seigneur ? Le ciel, la terre et l'onde
Ont ici leurs savants, leurs prophètes, leurs dieux !
Ces bienfaiteurs, un jour, ont étonné le monde :

L'un sent tourner la terre et l'autre lit aux cieux ;
Celui-ci, des rochers a fait jaillir des sources,
Comme un autre Moïse, au milieu des déserts;
Tandis que celui-là, délaissé, sans ressources,
   Découvre un monde au sein des mers.

Toi, foudre, obéissant au métal qui t'attire,
Qui te fit désormais respecter nos palais?
Dis, électricité, dis qui sut te conduire
D'un bout du monde à l'autre, emportant nos secrets ?
Et toi, fière vapeur, qui te rendit captive ?
Comme de vils rameurs, dis-nous qui te soumit
A traîner nos vaisseaux? Et toi, locomotive,
   Sur des rails dis-nous qui te mit?

Qui donc fit de vos mains une langue parlante,
Muets? Vous, orphelins, qui sut vous consoler?
Aveugles, qui vous fit, par un art qui m'enchante,
Dans un livre, placé sous vos doigts, épeler?
Et vous, vieillards sans pain, qui vous créa l'asile

Où vos pas vacillants trouvent le doux repos?
Malades, indigents, enfance si débile,
Qui vint pour soulager vos maux?

Si dans l'air le ballon put parcourir l'espace,
Portant, plus lourds que lui, de nouveaux voyageurs;
Si le phare éclatant, qui brille et puis s'efface,
Fit les mers sans écueils pour nos navigateurs ;
Si l'humble sauveteur, bravant l'onde en furie,
Put arracher des flots la barque du marin,
Bienfaiteurs! c'est par vous, et votre âme attendrie
Enflamme tout d'un feu divin.

Ils sont là, sous les yeux de celui qui domine,
Ces nobles bienfaiteurs de notre humanité!
Sous la bure ou le froc, sous la cape ou l'hermine,
Ils sont arrivés tous à l'immortalité.
Leur nombre en est bien grand: comme un serpent immense,
Je les vois, un par un, à pas lents s'avancer,
Et des rayons brillants, d'une lumière intense,
De leur front semblent s'élancer.

. . . .

Je n'ai fait qu'effleurer vos conquêtes à peine,
Illustres bienfaiteurs, et de cette moisson,
Voyez comment ma main de gerbes s'en vient pleine !
Mais, pour mettre à profit cette noble leçon,
Il faut qu'un monument, sans plus tarder, élève
Son front majestueux au sein d'une cité,
Afin que votre nom ne passe comme un rêve,
   Bienfaiteurs de l'humanité !

LES ANONYMES

LES ANONYMES

—

A MONSIEUR MAZOYER

Président-fondateur de la Société des Sauveteurs médaillés
de l'Hérault

———

Je n'ai jamais chanté que la vertu, l'amour,
La charité sublime et la beauté du jour,
Les fleurs et les oiseaux, les bois et la verdure ;
Ma voix, en les chantant, redisait la nature,
Et la Muse, en mes vers, m'inspirait à son tour.

Je voudrais murmurer aujourd'hui sur ma lyre
Un motif moins léger; mais saurais-je le dire ?
Ma voix toute tremblante est bien novice encor ;
Comme l'oiseau chétif, prendra-t-elle l'essor
Assez haut pour fixer le sujet qui l'attire ?

Viens, Muse des vaillants, j'implore ton secours !
J'ai foi dans le succès, si ton noble concours
Anime dans mes vers la flamme vengeresse ;
Que ton souffle divin et m'inspire et me presse,
J'accorderai mon luth, mais à toi j'ai recours.

I

Je veux flétrir celui dont la main immorale
Écrit, sans la signer, une épître à scandale,
Fausse, presque toujours, sous les dehors du vrai.
Muse, fais que mon chant réponde à cet essai
Et que mon luth d'accord, sous mes doigts, se signale !

J'élèverai la voix sur les actes hideux
De ces êtres pervers, anonymes, haineux
Et du bien et du vrai, que la vertu révolte,
Qui, semant sourdement, ne veulent pour récolte
Que douleurs, que sanglots et désespoirs affreux.

De leurs forfaits ici la noirceur va paraître :
Judas fut le premier, en embrassant son maître,
Qui nous montra ce vice en toute sa laideur.
Un baiser, le plus doux des attributs du cœur,
Fut le lâche signal de l'Anonyme traître.

Et puis, voyez passer cette vierge au front pur :
Son sourire est divin ; son œil, comme l'azur,
Reflète les rayons de son âme candide ;
Un lâche est survenu : de sa plume perfide
Il la touche, elle meurt sur un grabat obscur.

Cette mère sourit, par les siens estimée,
De son lait nourrissant sa fille bien-aimée ;
Son époux au travail s'adonne chaque jour ;
L'Anonyme apparaît : adieu la paix, l'amour ;
La concorde s'enfuit, la guerre est allumée.

Ce jeune homme qui marche, au pas lourd, décrépit,
Dont la tête s'incline, et, comme le proscrit,

Tend la main aux passants, a connu la richesse ;
Un billet anonyme a flétri sa jeunesse;
Maintenant il s'en va, par son père maudit.

Et vous, hommes de cœur, qui donnez votre vie,
Vos soins, votre fortune, aux œuvres qu'on envie :
Œuvres de charité, prévoyance et secours,
Vous, auxquels le malheur bien souvent a recours,
Votre sérénité par un lâche est ravie.

Par des bruits mensongers méchamment répandus,
Par des écrits haineux à l'impuissant vendus,
L'Anonyme un instant fit courber votre tête,
Philanthropes, Héros, comme eût fait la tempête :
Mais le Ciel aussitôt calmes vous a rendus.

II

Ah ! vous savez ternir jusqu'au nom que l'on porte
Anonymes pervers, démons, vile cohorte
Que l'enfer nous légua dans un jour de dégoût !
Sur vos jarrets tendus vous vous hissez debout,
Hideux, quand le remords est votre seule escorte.

Dans l'ombre vous rampez comme un serpent infect ;
Votre bouche est fétide et votre rire abject,
Quand vous mordez parfois de votre dent cruelle. ·
Votre regard malsain dans la nuit étincelle,
Mais la clarté du jour se voile à votre aspect.

Anonymes, fuyez, car votre heure est passée.
Votre venin impur sur notre âme lassée
A coulé vainement ; nous relevons le front.
Sans craindre désormais votre sanglant affront,
Sous nos pieds nous foulons votre bave amassée.

L'ennemi se présente en face pour lutter,
Coups pour coups sont rendus et l'on peut disputer
Le soleil pour témoin, car la valeur fuit l'ombre :
Mais le vampire affreux vole, dans la nuit sombre,
Se repaître de sang et puis court s'abriter.

. . . .

Ouvrez, humains, ouvrez une oreille attentive
Aux leçons du passé ! Qu'une infâme missive

Ne vienne plus ternir votre bonheur présent ;
Que votre main surtout, d'un geste méprisant,
Repousse avec horreur la lettre subversive.

Quand un visqueux reptile, en rampant, apparaît,
Sous votre dur talon vous l'écrasez d'un trait
Ou vous fuyez soudain à cette vue affreuse ;
Que l'épître anonyme, encore plus hideuse,
Soit détruite par vous et sans aucun regret.

Que votre âme toujours reste noble et virile,
Et, méprisant l'écrit d'une plume servile,
Marche droit à son but : l'honneur, la charité ;
L'amour de la patrie et la fraternité,
Devenant désormais votre guide docile.

LES SAUVETEURS

LES SAUVETEURS

AUX SAUVETEURS DE TOUTES LES NATIONS

Je veux chanter ces hommes dont la vie,
Comme un ruisseau, coule en faisant le bien ;
Pauvres souvent, l'honneur est leur envie,
Fraternité ! leur devise et lien.

Des Sauveteurs qui dira la vaillance
      Et les multiples exploits ?
Muse, à mon chant, fais que ton luth dispense
      La majesté de tes voix !

Hommes de paix, sans crainte de la lutte,
Ils volent tous, au plus léger signal,
Porter secours au palais, à la hutte ;
Dévouement ! est leur brillant fanal !

Les Sauveteurs, contre les flots, l'orage,
    Sont toujours prêts à lutter ;
Du feu, vaillants, ils affrontent la rage
    Sans jamais se rebuter.

De naufragés la nacelle chétive,
Sous les efforts des autans déchaînés,
Va s'entr'ouvrir ; mais soudain, vers la rive,
Les Sauveteurs les ont tous entraînés.

Femmes, enfants, pendant que la tempête
    Menace l'être attendu ;
Le Sauveteur que rien n'abat, n'arrête,
    A votre amour l'a rendu.

Sur leur bateau, sans crainte, ils bravent l'onde
Pour leur prochain qu'ils veulent préserver ;
Qu'importe alors qu'ils s'effacent du monde !
Ils sont heureux s'ils ont pu le sauver.

L'homme de cœur, dont l'âme est généreuse,
  Vers le danger aussitôt
Accourt, s'élance et, d'une mort affreuse,
  Préserve le matelot.

Voici la nuit, tout est calme et tranquille,
Le Sauveteur va reposer en paix;
Mais le tocsin, de sa voix de Sibylle,
L'appelle au feu, lui, court au plus épais !

Tel qu'un lion il bondit dans la flamme :
  Sauve le vieillard, l'enfant;
A son époux il conserve la femme,
  Et du feu sort triomphant.

Comme l'éclair, la voiture vient, roule
Sous les élans des chevaux emportés :
Arrêtez-les ! crie avec peur la foule ;
Le Sauveteur, calme, les tient domptés.

Toi, pauvre fou, qu'un accès de délire
    Sur des toits fit se cacher ;
Le Sauveteur, que tout le monde admire,
    Seul, est venu te chercher.

Partout des morts, des mourants ! c'est la peste
Dont le fléau sur nous s'appesantit !
Chacun s'en va ; le Sauveteur lui, reste,
Soulage l'un, l'autre, il l'ensevelit.

Et quand parfois, meurtri, dans quelque gouffre
    Un malheureux a pu choir,
Le Sauveteur, empressé pour qui souffre,
    L'assiste et fait son devoir !

Au fond d'un puits, dans la mine profonde,
L'éboulement surprend le travailleur ;
Qui trouvons-nous qui le premier réponde
A son appel ? C'est l'humble Sauveteur !

Lève le front, homme ignoré, sublime !
  Qu'un monument à venir
Dise ton nom et porte sur sa cime
  Ton cri : *Sauver ou périr !*

CONSOLEZ-VOUS

CONSOLEZ-VOUS

—

A la mémoire de M. Louis BENOIT, mort à dix-neuf ans

—

ÉLÉGIE DÉDIÉE A SON PÈRE

Monsieur Auguste BENOIT, mon vénérable ami.

———

Consolez-vous, Monsieur!... Quand il quitta la terre,
Votre enfant fut au Ciel. L'ange, comme la fleur,
Ici, n'a qu'un printemps : si son âme éphémère,
Vient nous sourire un jour, c'est assez de bonheur !
Pourquoi pleurer ainsi ?... Son âme était trop belle
Et son souffle trop pur pour nos sentiers fangeux ;
Et c'est pour s'abriter qu'il entr'ouvrit son aile.
Aux sentiers d'ici-bas il préféra les Cieux !

Consolez-vous, Monsieur !... s'il reçut la sagesse
Qui vint gaiement s'asseoir auprès de son berceau ;
Si le plaisir impur respecta sa jeunesse
Pendant près de vingt ans, quel sort trouver plus beau ?
Père, pourquoi pleurer ?... Aux déserts de ce monde,
Qu'elle voyait si loin de l'azur spacieux,
Son âme, redoutant notre terre inféconde,
Son âme, en sa frayeur, a préféré les Cieux !

LES VIGNERONS

LES VIGNERONS

A MON JEUNE COLLÈGUE FERDINAND SUQUET

Gais vignerons, nous cultivons les plaines,
  Les coteaux, les ravins ;
Et puis, quand vient l'été, nos mains sont pleines
De fruits, de fleurs, d'épis et de raisins.

  Avec l'aube vermeille
   L'oiseau s'éveille,
  L'agneau sort du bercail ;
   Le bœuf rumine,
   De la chaumine
  Entr'ouvrant le portail !

Travaillons sans relâche ;
La terre jamais ne se fâche
   Des soins que nous prenons ;
Et le temps que nous lui donnons
Elle le rend avec usure.
   Allons la récolte est mûre
   Portons-la vite au pressoir,
     Que du matin au soir
      Nos pieds foulent la grappe ;
     Le jus qui s'en échappe
     Est pour nous doux à voir.

Voici la nuit ; chaque famille
Peut, oubliant ses durs travaux,
Laisser la serpe et la faucille
Et s'abandonner au repos.
   Tendre propos
   Et doux langage
   Vite s'engage
   Pour les amants ;
   Et l'heureux père,
   Près de leur mère
Embrasse ses enfants !

Gais vignerons, ils cultivent les plaines,
    Les côteaux, les ravins ;
Et puis, quand vient l'été, leurs mains sont pleines
De fruits, de fleurs, d'épis et de raisins.

L'OUBLI

L'OUBLI

A TOUS MES AMIS

Il est parfois, hélas! d'amères destinées!
La vie est pour plusieurs comme un vase de fiel
Qu'il faut vider à fond. Nos plus belles années
Ecloses, fraîches hier, aujourd'hui sont fanées,
Du Ciel nous arrivant pour remonter au Ciel.

Hier, aujourd'hui, demain, ne font qu'un intervalle,
Intervalle profond de pleurs souvent rempli,
Que notre âme s'élève ou qu'elle se ravale ;
Et, quand notre raison veut, terrible rivale,
Contre ce dur destin, nous n'avons que l'oubli.

L'oubli !... Mais c'est la mort, c'est le néant de l'âme !
Peut-on, dites-le moi, perdre le souvenir
(C'est un palliatif que notre cœur réclame)
D'un passé de bonheur, d'un passé quoique infâme ?
Peut-on ne pas le craindre ou ne pas le bénir ?

Le passé ce n'est rien, et pourquoi le maudire ?
Car, tel que nous l'avons, c'est nous qui l'avons fait ;
Nul ne nous a contraints. Si parfois l'on désire
La mémoire des jours qui nous ont vus sourire,
Pourquoi ne pas vouloir d'un passé moins parfait ?

Oublier est d'un sot dont l'âme trop petite
Est fermée à jamais aux mouvements du cœur.
Pour lui point de doux bruit qui l'anime et l'agite ;
Les souvenirs d'amour, pour qui tout sein palpite,
Ne peuvent émouvoir sa lugubre froideur.

Pour moi je me souviens, et ne crains pas de dire
Que mes jours d'autrefois comptés par les revers,

Amènent sous mes doigts des notes pour ma lyre,
Harmonieux accents qui font que je soupire
Aux rêves envolés de mes pensers amers.

Oh ! non, je ne veux point de l'oubli pour moi-même,
Je veux toujours rêver à mon printemps passé ;
Et si mes vers jadis ont murmuré : je t'aime !
Doux mot qui m'inspirait en ma douleur extrême,
Pourquoi donc à présent en serait-il chassé ?

Et j'irai, murmurant un hymne à l'espérance,
Me plonger à jamais dans un doux souvenir!
Beau jour de mon bonheur comme de ma souffrance,
Qui ranime en mes sens la parfaite assurance
De ce jour plus heureux qui doit bientôt venir.

POSTFACE

POSTFACE

A MM. HAMELIN FRÈRES

Emile DESPLAN ET Frédéric LUCCHESI

De l'Imprimerie centrale du Midi

Je dois à vos bontés, à vos soins obligeants,
Pour mes faibles travaux, amis trop indulgents,
Le plaisir de pouvoir contempler en un livre
Les enfants de ma Muse et de les sentir vivre.

Dans le fond des cartons, par ma main respectés,
Ces pauvres vers, sans vous, longtemps seraient restés.
Aujourd'hui je les vois,— et chacun l'apprécie, —
Imprimés avec art ; je vous en remercie !

Mais je crains, à présent, que votre noble ardeur
A livrer au Public les humbles *Voix du cœur*
Ne fasse dire à tous ; « Qu'il fallut de courage
Pour imprimer si bien un si mauvais ouvrage ! »

TABLE DES MATIÈRES

Montpellier, Imp. cent. du Midi

www.ingramcontent.com/pod-product-compliance
Lightning Source LLC
Chambersburg PA
CBHW070758280626
47162CB00016B/1539